KB061583

비
로
소

시 詩

홍림의 마음

넓고 붉은 숲이라는 중의적 의미를 담고 있는 <홍림>은, 세상을 향해 그리스도인들이 추구해야할 사유와 그리스도교적 행동양식의 바람직한 길을 모색하고자 노력하고 있습니다. 폭넓은 독자층을 향해 열린 시각으로 이 시대 그리스도인의 역할 고민을 감당하며, 하늘의 소망을 품고 사는 은혜 받은 '붉은 무리'紅林:홍림로서의 숲을 조성하는데 <홍림>이 독자 여러분과 함께하고자 합니다.

홍림시선003

비로소 시詩

지은이   김시준

1판 1쇄 인쇄   2020년 5월 4일
1판 1쇄 발행   2020년 5월 10일

펴낸곳   홍   림
펴낸이   김은주
등록   제 312-2007-000044호17
주소   인천광역시 서구 원당대로819번길 24, 2-404
전자우편   hongrimpub@gmail.com

값은 표지에 있습니다.
ISBN 978-89-6934-025 - 2 (04810)

이 도서의 국립중앙도서관 출판예정도서목록(CIP)은 서지정보유통지원시스템 홈페이지 (http://seoji.nl.go.kr)와 국가자료종합목록 구축시스템(http://kolis-net.nl.go.kr)에서 이용하실 수 있습니다. (CIP제어번호 : CIP2020017736)

이 책은 저작권법에 의하여 한국 내에서 보호를 받는 저작물이므로 무단전재와 복재를 금합니다.

홍림시선03

비
로
소

시詩

김시준 시집

홍림

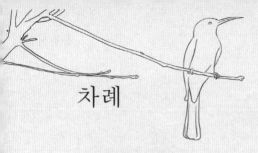

차례

1부 내 탓이랍니다

2부 부활제

3부 그대에게

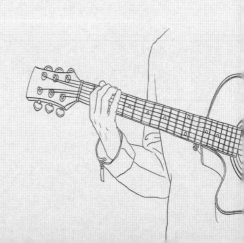

4부 비로소 시詩

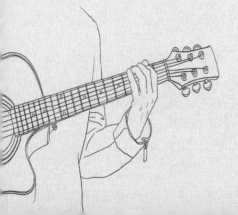

1부 - 내 탓이랍니다

기갈

삶에
산과 골짜기가 많은 거
불평이었으니
평지만을 소망하다
가물다 가물다
댄 물은 어느새 타버리고
벗어놓은 허물처럼
드러나는 속살
말라버린 혀처럼
물기가 그립다

내 탓이랍니다

갈라지고 돌 많은 마음에

사랑 준 적이 없는데

밭 일군 적도 없는데

당신 닮지 않은 열매가 맺혀갑니다

당신의 얼굴빛은

저기 높은 곳에서

마음을 비추는 데

당신 모르는

속도 없는 열매가

잡초처럼 솟아나는 건

마음의 창 닫고 사는

내 탓이랍니다

자화상

사랑하라는 말씀에
그대로 따르겠다고
약속하였고
당신을 편히 가시라 배웅하였고
돌아서서
깨어지는 파도처럼
맹세를 떠나는 사람들
속에 있는 나

머언 발치 굳어진 걸음의 당신이
돌아보며 우실 때
눈물,
정결의 거울에 비쳐지는 나는
다시
사랑 그대로를 따르겠노라
당신을 고백하는 나

복병

복병을 만났습니다
반드시 이기리라 장담했는데
마음 속 숨어있던 욕심찌끼들
어느새 여기저기 분출하였고
마음성(城) 군데군데 기습을 받아
한 무릎 두 무릎 꿇어지고
이제야 기습에 대한 전율이
느껴지며 우는 나는
복병을 만났습니다

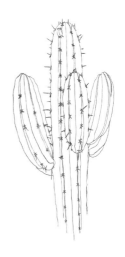

허물

나는 생명을 드리겠다고
말할 수 없어요
그저
자아를 부비며 사는
허물벗지 않은 뱀처럼 여전히
말씀을 굽게 하는 나는
당신을 위하여
허물을 벗겠다고
말할 수 없어요

오셔요

해의 광선,
치료의 빛으로
배반의 허물을 사르게요

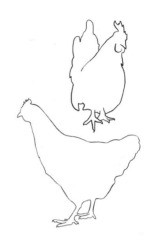

독수리

결박당한 독수리는

닭처럼

본성을 모이로 쪼아대고

기억을 물로 삼켜버리다

바람이 일어

날개 간지럽혀도

도무지 비상할 수 없어

독수리가 아니라 한다

나는

가난하여도
들 백합꽃 보면서
공중 새 소리 들으면서
입히시고 먹이시는
당신을 의지합니다

그대의 품

땅 밟지 않고
그대의 품에 안긴 채
공허와 흑암,
깊은 수렁을 지났다
평안해서일까
그대의 품에 안긴 것을 기억치 못하고
땅 밟고
질퍽거리다 넘어지다
혼자일 거라 냉소를 뱉으며
뒤돌아 걸음을 헤아려보니
그대의 품에 안기어
땅 밟지 않고 있다

나의 노래

나의 노래는

당신이 베풀어두신

하늘 땅

만물 속에

당신의 운행함의 흔적을

따라가는 것일 뿐

나에게는

노래가 있지 않음이니

나의 노래는

앞서 행하시는

당신을 쫓아갈 뿐

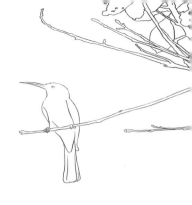

나의 자랑

태초에

원하시는 대로 조성하여 놓으신

그 동산의

흙이며 풀이며 나무며

바람이며 기운이며

지금

밟고선 곳에 그날처럼

있으니

나는

태초의 사람입니다

빈들에서

빈들에서
양떼는
다윗의 손에
키워지고
익숙해지고
빈들에서
다윗은
하나님의 성령에
길러지고
지도받으니
빈들에서
나는
당신의
공교함으로
성실함으로
그날의
다윗이고 싶어요

아둘람의 노래

당신은 환난당한 사람
당신은 빚진 사람
당신은 마음 원통한 사람

아둘람 굴에
채이며 난
생채기 훈장처럼 매달고
찾아온 사람들

어미새 품 안
모이 기다리는 아기새처럼
부르는 노래

새벽을 깨우는

주님에게로

화정된 마음의 노래

주의 날개 아래서

모든 것 이루는 하나님께

부르는 노래

존재

기억이 자리하기도 전에

급한 아름다움이여

네 씨를 터트렸다

상상, 숨은 네 창조의 빛깔

잊혀질 수 없는 너의 이름

계절보다 앞서

세상 너른 들판

셀 수 없는 너와 같은 고운 이들 속에

기억이 자리하기도 전에

가벼운 존재여

참지 못하는 빛깔, 침묵의 빛깔

태초의 너를 그려 꽃을 피운다

어디쯤 왔을까

어디쯤 왔을까

믿음으로 보여지는 길따라

말씀 등불 비추는 빛으로

주 향하여 내디딘 걸음

지고 왔던 죄 짐 십자가에 내드리고

시작한 줄 알았는데

지금 또 무거운 죄 짐이 걸음을 누르고

가는 길 멈추고

깊은 한숨 내쉬게 하는데

나는

어디쯤 왔을까

2부 - 부활제

나는 빌라도

고향을 자랑하고

이력을 자랑하고

하다못해

범죄한 시간을 자랑하고

십자가에 못 박히지 않은 것을 자랑하는

나는 빌라도

돌이키게 하리라

두려운 날

폭우 내리치듯 주의 진노 임하는 날

돌들이 소리치며

깊은 땅 요동하는

세상 이들 어둠이 두려워지는 날

돌이키게 하리라

아비의 마음은 자녀에게

자녀의 마음은 아비에게

엘리야 같은 이를 보내시리니

듣고

상한 심령 고치시리

쓴 뿌리처럼

독하고 어그러진 마음

아비에게로 자녀에게로

돌이키게 하리라

부활제

사람은

축제 속 술독으로 빠지고,

달란트는

땅 깊숙이 썩어지고,

부활제라는 날

비추는 빛을

따라오는 낯선 자

어둠을 물리고,

계절이 찾아오듯

빛을 몰고 온 자

모퉁이 돌에 앉아

밀리는 인파

묵묵히 바라보며

내리는 눈물

손엔

잠긴 가죽 말씀

가슴엔

가이사 동전꾸러미

교회당엔

금빛 첨탑

금요일

날이 납기후 요금처럼 밝다

청소부가 사라진 거리
삶이 쏟은 배설물이 널려있고
환호의 종려가지는
그리스도를 내려치는 질타

저기
허물의 탑
손 닿을 수 없어
십자가, 용서의 형틀에
그리스도가 달리다

눈으로

들어오는 붉은 하늘

금요일에

그리스도 달리신 세상이 밝다

나무

밤새 곁에 계셨군요
악몽 끝에 깨어보니
우는 저를 안고
우는 그대를 보았습니다

긴장으로 수축된 얼굴에
보드란 그대 잎새들이
전류처럼 전해져오고
식어진 이슬같은 두려움은
악몽에 쫓기는 잰걸음처럼 흐릅니다

봄빛 자장가로 토닥이며
그대
밤새 곁에 계셨군요

나무는

나무는
소망이다
오염된 폐가 토한
배설을 먹고서
신선한 새벽같은
산소를 내어주는
나무는
숨쉬는 소망이다

비

오늘은 그대가

메마른 광야

뿌연 먼지 속에

상실한 그대와 나 사이에

이슬처럼 소리없이

사랑으로

내려오시는군요

그대가 오심으로

뿌옇던 마음의 폭동이

진압되어 버렸습니다

나무처럼

도시와 바꾸기 위해

도끼로 찍히는

나무는

소망이 있나니

뿌리로 숨을 쉬며

다시

움을 트고 연한 가지가 끊이지 않고

땅 밑으로

생명이 년수만큼 내려진 채

새롯이

움과 가지를 내고

나무는 산다

나무처럼 나도 산다

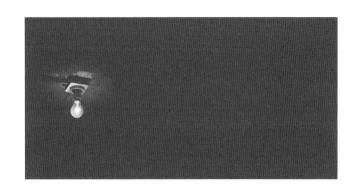

빛이 와서

어둠은 사라지는가 보다

빛이 와서 비추면

안개를 밀고 나가는 시선처럼

활주로 차고 오르는 이륙처럼

어둠은 사라지는가 보다

마음에

방이 하나 있으면

창을 열고 전등을 끄리라

빛이 와서 비추면

먼지처럼 널브러진 어둠

진공청소기로 빨아들이듯 사라지고

온 방 가득히

향기 나는 빛으로 채우는가 보다

하나님께로

십자가 보혈로

담력을 얻어

새롭고 산 길로

소 떼처럼 나아오라

바람에 이는 들풀처럼 환호하며

단 한 번 뿌려진 맑은 물로

씻기워진 날에

춤추며 나아오라

해가 떠오름처럼

소망이신 이가 섰으니

오라

하나님께로

하나님께로 나아오라

우리 하나님께로

어린 양

결박 당하신 예수
이리저리 끌려
숨을 쉴 틈도 없이
퍼부어대는 저들의 조롱에
그어지는 생채기

결박 당하신 예수
어두워진 눈 악독한 혀
둘러 진 쳐
내두르는 채찍에
터지는 사랑

결박 당하신 예수
한 사발의 축이는 물도 없이
목마름이 타들어
세상 죄를 지고 가는
하나님의 어린 양

아버지의 뜰

풀잎마다 맺혀있는 이슬들

숨기 전에

아버지는

한 방울씩 정성스레 모으시고

햇살이 나와

그것들을 녹일 때 쯤

아들을 불러모아

목욕을 시키시고

숨어있는 배꼽때를 찾아

뽀득뽀득 씻기시고

아들을 보고 웃으시다

아버지의 뜰에는

언제나

목욕시키시는 사랑이

넘쳐

가득하다

숨죽이고 들어보면

숨죽이고 들어보면

팔벌린 나무 저희끼리

외치는 고백을 들을 수 있다

토도독 탁탁 예수는 주

토도도독 승리하신 분

십자가되어

햇살아래 바람같이 춤추게 하시네

숨죽이고 들어보면

예수께서

춤추는 나무에게

속삭이는 사랑을 들을 수 있다

못에 박히는 아픔으로

함께한 너희에게

나는 영원히 아프지 않으며

흔들리지 않는 뿌리가 되리라

숨죽이고 들어보면

볼 수 있는 노래가 들린다

우리를

돌이키소서

비웃음과 조롱의 현장

강도 바라바를 달라는 외침

망각한 사랑

포도나무 잎으로 열매도 없이

외침만 무성하다

무지의 바다에서 출렁이는

우리를 돌이키시고

주의 얼굴 빛 비추사

구원 얻게 하소서

신부의 노래

밤이 맞도록

오시지 않으시는 당신

아름다운 예수님

기다립니다

더디오시는 걸음

준비된 등으로

맞으러 가오리니

오실 때

신부를 불러주소서

나의 등

나의 기름

나의 면사포

당신의 부르심 없으면

소용없으니

신랑이신 예수여

오실 때

신부를 불러주소서

 49

아름다워요 1

당신이
짜놓으신
보혈이라는 옷으로
입고 선
당신의 나는 아름다워요

아름다워요 2

눈 떠 하늘을 보기만 하면
아침마다
변하여 오시는
당신은 아름다워요

아름다운 당신은
사람을 바꾸시는 분
슬픈 마음에는
새털구름처럼 푹신한 미소짓게
갇힌 마음에는
나비같은 날개짓으로 자유하게
하시는
당신은 아름다워요

3부 - 그대에게

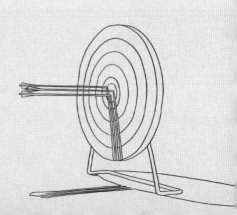

저의 원함은

봄바람 올라탄 나비
시선을 스쳐 지나네
저의 원함은
나비의 등에 올라
유채꽃이며 들꽃이며
옮겨 다녀
피어난 향기 속
여호와의 영광을
향내 맡는 것
여호와의 영광의 물결에
잠기우는 것

동행

동행이 없는 길 걷지 않습니다

찬란한 햇살 헤진 옷처럼

누덕거리는 즈음

곁에

동행이 없는 길이라면

두 발은 소금기둥 되어

짜디짠 후회일 뿐입니다

성난 파도처럼

바람이 따귀 때리는 날

동행이 있는 길이라면

내 마음 하늘이 되어

푸르른 감사할 뿐입니다

그대에게

어린아이인 채로 어른이 되어
밤이면
그 시간마다
어머니 젖내가 그립고
새벽이면
꿈에서라도
봄 햇살 같던 품에 안긴다

나는 그대에게
아이가 되고 싶다

내게로 오라

너는
쏜살같이
내게로 오라
하늘과 땅
바라다보며 선
거리만큼
먼
그리움을 가르며
너는
바람에 올라탄 구름처럼
내게로 오라
지평선과 수평선
너머로 숨어 누운
길이만큼
아득한
보고픔을 쫓아
너는
끊이지 않는 시간마냥
내게로 오라

아침에

어둠이 물러가기를 밤새
갈망하며 맞이하는
아침에
밝아오는 햇살보다도
주의 인자한
이슬 같은 음성 듣게 하소서
주가
다시 오시기를 헐떡임으로
기다려오는
아침에
비추시는 빛으로
다닐 길을 인도하소서

기도

주님
겸손하게 하소서
구름도 바람을 따라서 다니고
바람도 자전을 통해서 흐르고
자전도 우주에 순종해 도는 것처럼

하시는 말씀에
행하는 삶이 되게 하소서

주님
사랑하게 하소서
산소를 퍼주는 나무같이
솟는 물 가두지 않는 샘처럼
누구나 와서 쉴 만한 그루터기마냥

모시는 당신으로
풍성한 삶이 되게 하소서

새벽기도

그대를 향한 기도는

사랑을 여물게 하는 영양분

날마다 때마다

그 사랑이

목마르지 않게

배고프지 않게

새벽의 무릎을 꿇고

새벽, 내일을 여는 하늘의 태(胎)

그대와의 사랑이 자라는 자리에 앉아

그대를 위한 기도를 합니다

가슴항아리

가득히
당신의 속삭임으로
채우려
가슴 항아리 속에 담긴
나의 선한 것들
나의 불순한 것들
끄집어내고
새벽이슬 담은 물로써 씻기우고
햇살,
당신 얼굴빛으로 말리고
그제야
당신의 속삭임으로 채워져 갑니다
가슴항아리 가득히

아침

지난 밤
그대 그려놓은
풍경을 보며
아침을 맞이하는 나는
행복합니다

밤새
그대 그리워한
마음의 박동을 들으며
하루를 눈 뜨는 나는
행복합니다

한 밤 동안
그대 달구어놓은
사랑 같은 해를 보며
새날을 여는 나는
행복합니다

당신에게로

바람이 지나다

그리움을 스친다

놀랜 마음이

바람을 잡고서

당신에게로 가자 한다

햇살이 뛰놀다

눈물을 밟다

아픈 눈동자

햇살을 보며

당신에게로 가자 한다

당신 앞에서

빛보다 밝은 영광으로
직조된 옷 입으신
형언할 수 없는
아름다우신 당신은
천지 지으신 광대하심으로
스스로 운행하시니
닫힌
시간과 단위로
측량할 수 없는 분

어느 때라도
당신께서 부르시는 때
언어는 굳은 보석처럼
반짝거리기만 할 뿐
아름다운 당신 앞에서
말할 수 없는 나

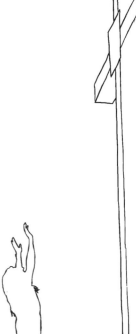

당신이

구름을 보면

눈처럼 나리시는

함지박같은 미소의 당신이

금세라도 오실 듯이 있습니다

바람을 맞으면

물에 탄 물감같이 스며드는 당신이

소리없이 감긴 목도리마냥 있습니다

들을 나가면

오돌토돌 갈라진 마음

그대로

업고 계시는

당신이 있습니다

당신은

당신은
그치지 않는 시내
저는
흐르는 그 품에
심기운 나무

당신은
목마르지 않은 샘
저는
알토란 같은 열매
길어올리는 나무

당신은
퍼도퍼도 넘치는 공기
저는
온세상 가득한
당신을 마시며 사는 나무

그분들

노래하였으리라
처음에
어둠이 걷혀
울리는 빛의 광음 속
펼쳐진 물을 말아 올리며
젖은 땅을 말리며
그분들
노래하였으리라

하루하루 넘기며,
어둠에 뿌려진 빛
가루가루
숨쉬는 꽃으로 향내 되어 숨고,
고요를 안은 불
덩이덩이
어디서고 자유론
날개짓이며 헤엄침으로 안겨
그분들
노래하였으리라

진흙을 두고,

주위로 가득한 온 빛

담고 담아

그윽이 품은 숨 간절히

넣어

그분들

노래하였으리라

사랑 1

나는 새가 되어

비린 아침 바다의 허공을 가르는

그대와 같은 태양

불타는 과녁을 향하여

돌진하는

사랑이 되었다

사랑 2

잠을 잘 수 없는

그대를 꿈꾸는 날

턱까지 차오는 그리움이

가슴을 방망이질하고

눈 안으로 환한 그대는

어둠을 살라

금세 새 날을 밝힙니다

비로소 시詩
시인
양화진 노을
파도같은 그대
소망
이런 인생
아버지
부모님 생각
작고 사소한 하루
지나가리라
아침은 아침입니다
사랑
인내는
안다
자화상 2019
사월 십육 일

4 부 - 비로소

시 詩

비로소 시詩

만신창인 줄도 모른 채

세상에 치인

삶을 모아

원고지에 담는다

그러자

죽은 듯 쓰러져 있던 삶이 살아나

언제 그랬냐며

비로소

제 노래를 부른다

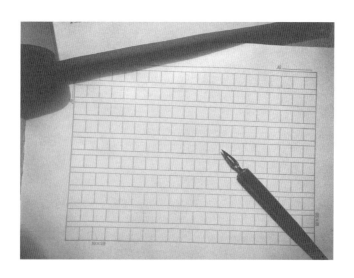

시인

노래하라

지어진 채로 누리던 영화의 시간들

부족함 없던

태초의 날들

벗어도 부끄럽지 아니하던 모습들

그리로

돌아가서

노래하라

양화진 노을

하루가 타들어간다

죽지 않으면

내일을 잉태할 수 없기에

온 몸을 불사르며

자신을 태워가고

살라지는 모습이어서일까

마포 나루 가득

물들이며 타들어간다

그 날

나무에 달려

자신을 쏟아내던 한 남자의 피도

죽지 않으면

다시 살게 할 수 없기에

그렇게 세상을 물들였나보다

파도같은 그대

파랑치며 순백 그대로

나를 사랑한다고

고백하는 용기로 밀려드는 그대를

심장을 파고드는 혈관으로 인정합니다

어디에서부터인지

그대는 나를 향하여

사랑을 물보라처럼 일으키며

질주해 오십니다

나는 그런 그대로 인해

맥박이 뛰며

쉴 새 없이 다가오는 그대로 인해

살아있음을

오늘도 알 수 있습니다

소망

보배를 품고 있는데
보혈로 덮여 있는데
나는 무엇을 그리도 탐하였기에
불혹을 건너선 이쯤에서
악취를 품어 향내는 것일까
나를 찢어서라도
품은 사랑을 보이고 싶다

이런 인생

사람들에게 잊혀질지라도
당신에게는 잊혀지지 않는 인생

나만 걷는 메마른 아스팔트일지라도
당신에게 탓하지 않는 인생

너는 왜 안되는데 하실지라도
당신을 원망하지 않는 인생

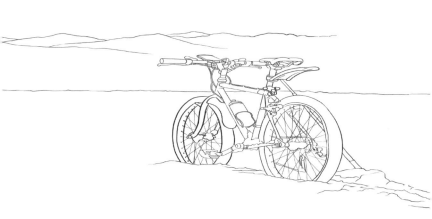

아버지

아버지가 늙는다.

날 태우던 어깨 위에 처진 그림자가 걸터앉았고

날 반기던 손아귀는 한마디 두마디 힘을 잃었다

안아보고 만져봐도 그 몸의 탄력은 사라져버리고

마주보고 바라봐도 시선은 흐릿한 기억뿐이다

당당하던 두 무릎은 시린 겨울 마른 억새풀 같고

근엄하던 그 목소리 당신의 중선배 뱃고동 같다

아버지가 늙었다.

부모님 생각

찬바람이 부니 어머니와 아버지가 생각납니다.

자식들을 위한 일생의 날들이 찬바람과 함께 저에게로 불어옵니다.

부끄러움도 참아낸

갈라진 손마디들

검게 그을린 피부

세어버린 머리결

그때로라도 돌아가면 좋을 텐데

지금은 더 야위고

들을 수 없고

마음처럼 움직일 수도 없는 나이를 드셨습니다.

세차게 불어가는 찬바람을 따라

어머니와 아버지가 계시는 곳으로 날아가고 싶습니다.

작고 사소한 하루

아주 사소한 바람이
마음에
아주 작은 상처를 긋고
날마다
나를 감싸 불며 지난다

이 흐름
언제부터인지 낯선게 아니라
익숙한 것처럼
내가 내 뱉는 호흡인 것처럼
나를 감싸 불며 지난다

밤새
사는 일이, 그 일이
어렵다 생각하고
눈을 감을 때쯤
다시 아침의 빛이 마음을 비춘다

어느새
따스한 그 아침빛이
상처 난 마음을 덮고 싸매고
오늘 또 불어올 바람에게
한 발 내딛게 한다

작은 빛 한 줄기
사소한 상처 난 나를
일으킨다

지나가리라

시간이 흐르는 것이 아니었다면
지금 겪는 슬픔은 절망으로 나를 이끌었을 터
지금도 곧 지나가리라
되뇌고 되뇌이다
흐르는 시간을 목격하고 잠시의 평안을 얻는다

시간이 흐르기에
영원의 문턱 앞에 서는 그날을 고대하는데
무거운 어깨의 짐들도 그날이면
모두 벗어놓을 수 있겠다

시간은 누구의 손도 들어주지 않을 것이다
그저 창조주의 명대로 계획대로 의지대로 순종하며 흐를 뿐
흐르는 시간을 보고
웃고 울고 하는 것은
시간 위의 존재를 알지 못한 채
유한의 시간에 갇혀 사는 존재의 슬픔이다.

아침은 아침입니다

흐린 아침도
밝은 아침도
아침은 아침입니다

어둠을 물리치고
자는 자들이 일어나며
기지개를 켜는 아침입니다

밤사이 괴롭히던 악몽도 사라지고
어둔 밤 스멀거리던 그림자도 지워지고
설움이 잠긴 바다에서 아침이 솟아오르면
떠나간 그리움을 위해 대문도 열어놓고
아침을 맞이하기까지 쏟아놓은 눈물을 닦습니다

눈물 젖은 아침도
말라 터진 아침도
맞이하여야 할 아침입니다

사랑

지독한 사랑,
멈추고 살 수 없는 호흡처럼
나와 너를 묶고
끊어버릴 수도 끊어지지도 않은 채

외로운 사랑,
시야를 가리는 삶의 운무는
이어진 우리를 갈라놓고
잊어버릴 수도 잊혀지지도 않은 채

서러운 사랑,
퍼득거리는 가을 물빛은
찢기고 서러운 오늘을 담고
가릴 수도 없고 가려지지도 않은 채

지독하고 외롭기만 한 것이
본디
한 몸이었던 너와 나의 사랑

인내는

인내로 삶의 산을 넘습니다.
한 봉우리 또 한 봉우리
넘고 넘고 넘고
다시 보이는 한 봉우리
더 크고 더 높고 더 거친
또 한 봉우리의 삶이 반기는 순간
포기할 수 없는 근성
인내와 믿음이
무력한 발걸음을 끌어 당깁니다.

인내는 순간을 견뎌내는 것이 아닙니다.
보여지는 첩첩 삶의 봉우리를 두려워하지 않고
펼쳐지는 평탄치 못한 삶의 길들을 염려하지 않고
마지막 산너머에서
인내를 기다리는 기쁨을 향하여
그곳까지 다다르는 것입니다.

안다

아내를 위해서라는 나를
아내는 안다
딸들을 위해서라는 나를
딸들은 안다
주님을 위해서라는 나를
주님은 안다

아내를 위해서라지만 나를 위하는
아내를 안다
딸들을 위해서라지만 나를 위하는
딸들을 안다
주님을 위해서라지만 나를 위하는
주님을 안다

아내에게
딸에게
주님에게
안겨 사는 나를
나는 안다

자화상 2019

앎이 삶이 되지 못하는

삶이 앎을 따르지 못하는

존재의 가벼움이여

눈이 멀어 보지 못하였더라면

귀가 멀어 듣지 못하였더라면

입이 막혀 말이라도 못하였더라면

비내리는 오늘처럼 울지는 않을텐데

바람치는 오늘처럼 아프지는 않을텐데

먼지보다 가벼운 내가

뭐라고 뭐라고

슬픔이 이리도 그리운 것일까

사월 십육 일

내가 시인이라면
삼백넷
죽지않은 이름을 엮어
그리움의 시를 세우고
노래하고 싶다.

왜 봄 바다는
어두운 밤
조명탄보다 더 밝게 빛나는 여린 꽃잎을
흩뿌리는지

밟고 지나기엔
너무도 서러운 한 잎 두 잎
영글지 못한 봄날들이
삶이 토해논 검은 물
파도치는 인생살이 속으로
이름 세 글자 남기고 사라지고

사그라드는 조명탄

끄트머리라도 부여잡으려

목놓아

이름을 불러보지만

메아리는

뺨을 내리치는 파도

포말로 부서져 흐르는 눈물

내가 시인이라면

심백넷

연하디 연한 꽃잎들

계절이 바뀌어도 자지 않을

그리움으로 새겨

다시 꽃피게 하고 싶다.

후기

      겨울비가 내리던 어느 날, 커피숍 앞에서 한참을 통화했습니다. 청년 리더들과 약속이 있어 기다리고 있었는데 다른 소식이 먼저 들려왔습니다. 핸드폰 너머에서 홍림의 김은주 대표님께서 '목사님 시집을 내시죠!' 하는 짧은 말이 전해져왔습니다. 감전이 된 줄 알았습니다.

      초등학교 때 친척 집에서 산 적이 있습니다. 군대에서 휴가 나온 같은 띠 열두 살 터울의 형이 하룻밤 같이 자면서 윤동주의 서시를 읽어주었습니다. 막둥이도 서시에 나온 내용처럼 살기를 바란다는 뜻이었습니다. 그렇게 시라는 것과 첫 만남을 갖게 되었습니다.

      그때부터 습작은 시작되었습니다. 삶의 질곡이 시라는 것을 쓰고, 시를 짓도록 했습니다. 눈물이 고이는 날, 슬픔이 뺨을 내리치던 날 그렇게 펜을 들고 낙서처럼 시를 적었습니다. 일기처럼 누구에게 보이고자 쓴 것은 아니고, 그 날들의 쌉싸름한 느낌을 놓치고 싶지 않았습니다.

      20대를 지나며 하나님을 알아가기 시작할 때부터

시들이 하나님을 노래하는 바램으로 바뀌기 시작했습니다. 우울의 장막을 거두고, 세상이 아름답게 보이기 시작했습니다. 분명히 같은 하늘, 같은 세상인데 하나님을 노래하고 찬양하는 것으로 보이기 시작한 것입니다.

어릴 적 살았던 바닷가, 대학시절 보냈던 남한강변, 청년시절 3년간 지냈던 제주도에서 보았던 강, 안개, 섬, 산, 노을, 그리고 한없이 청년일 것 같았던 지난 시간 속에서 겪었던 모자라고 부족했던 미숙한 청춘의 날 모두가 하나도 빠지지 않고 제가 부르는 노래의 바탕이 되었습니다.

비로소 시始는 제 이름의 가운데 글자입니다. 시집에 제목을 붙이려고 할 때 비로소 시詩라는 이름이 떠올랐습니다. 여덟살 때 다니기 시작했던 교회, 그러던 어느 때 만난 예수를 통해 비로소 새 삶이 시작되었고, 삶은 비로소 노래가 되었습니다.

뒤늦은 나이에 청년성을 잊지 않도록 동행해준 선한목자 젊은이교회 청년들과 유기성 목사님, 다시 창작의 시간을 갖도록 배려해주신 신촌감리교회 임재웅 담임목사님과 교우들, 신촌젊은이교회 청년들에게도 감사합니다.

始101

삶의 노래에 귀기울여주시는 한 분을 위한 노래가 있도록 힘써주신 홍림의 김은주 대표님, 시를 쓰는 토양이 되어준 시일, 시원, 시양, 현순 나의 형들과 누나, 그리고 지난 시간 동고동락해온 딸 주혜와 주하, 아내 임미경에게 특별히 감사드립니다.

쉰 번째 생일을 맞이한 즈음에

김시준

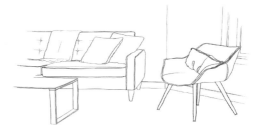

필사 공모

좋아하는 시의 구절을
나만의 필체에 담자

홍림에서 [홍림시선]의 시들을 필사(캘리그라피)한
작품들을 기다립니다.

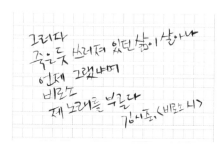

<예시>

보내주신 독자들에게는 [홍림시선]의 신간을 보내드립니다.

◎ **보내주실 곳** _ hongrimpub@gmail.com

홍림